STICHTING NEDERLANDSE
KINDERJURY
2003

Marja Mulder
Nou, gewoon!
omslagontwerp: eZeM/Miek de Jong
© 2002 Uitgeverij Clavis, Amsterdam - Hasselt en Educatieve uitgeverij Delubas, Drunen
Omslag en illustraties: Anna Kadoic
Trefw.: eerste lezers, kattekwaad
NUR 287
ISBN 90 6822 978 8 - D/2002/4124/071

Marja Mulder

Nou,gewoon!

met illustraties
van Anna Kadoic

Clavis/Delubas

Nummer 1

Nou kan ik het mooi doen, denkt Kick.
Hij haalt de schroevendraaier uit zijn achterzak.
Nog even kijkt hij naar links en rechts.
Niets te zien.
'Eerst die onderste schroef maar,' mompelt hij.
Voorzichtig zet hij de schroevendraaier in de schroef.
Hij mag niet uitschieten.
Het koperen huisnummer glimt nog helemaal. Daar wil hij
geen krassen op maken.
Elke keer als Kick langs het huis komt,
kijkt hij naar het huisnummer: nummer 1.

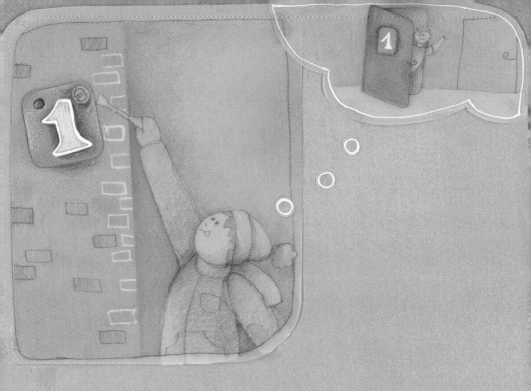

Net als op zijn voetbalshirtje.
Daarom moet hij die koperen 1 hebben.
Voor op zijn kamerdeur.
Maar goed dat Kick sterk is, want de schroef zit
behoorlijk vast.
Met de tong uit zijn mond zet Kick kracht.
'Voor mekaar!' zegt hij zacht.
Hij stopt de eerste schroef in zijn broekzak.
Nu die tweede nog.
In zijn gedachten hangt het glimmende nummer al op de deur.
Precies wat je als keeper moet hebben!
Snel begint Kick aan de tweede schroef.

Kick ziet dus niet dat de voordeur zachtjes opengaat.

Twee pinnige ogen gluren naar het tuinhek.

Nog heeft Kick niets in de gaten. Tot hij een klauw in zijn nek voelt grijpen.

'Au!' schreeuwt Kick. 'Laat me los!'

'Ik zou wel gek zijn,' zegt de scherpe stem.

Een vrouw houdt Kick stevig in zijn nek vast.

'Ada!' roept ze. 'Kom eens helpen. Hij spartelt tegen!'

Kick probeert zich inderdaad los te worstelen.

Die ouwe tang heeft hem goed te pakken.

En ze is sterker dan je zou verwachten van zo'n oud mens.

Stom van hem om niet op die deur te letten!

'Wat is er aan de hand, Dora?'

Nog zo'n oud wijf, denkt Kick.

Hij geeft de moed om weg te komen op.

Met zijn tweeën tegen één. Dat red ik nooit!

'Dit monster schroeft ons huisnummer los!' sist Dora.

'Pak die schroevendraaier eens af. Hij zwaait ermee als een dolleman.'

'Hij komt me bekend voor, Dora. Jij woont toch op dat plein hierachter?' vraagt Ada.

Kick knikt. 'Nou, dan heb ik een prima plan.

Wij gaan jouw ouders vanavond een bezoekje brengen.

Even vertellen dat ze een fijn zoontje hebben.

Laat hem maar los, Dora. Hij doet het zowat in zijn broek.'

Nog nooit is Kick zo snel naar huis gerend.
Met twee treden tegelijk vliegt hij de trap op. In zijn kamer
hijgt hij uit. Zijn hart bonkt.
Kick is kwaad op zichzelf. Ik had beter moeten uitkijken!
denkt hij. Stom, stom en nog eens stom.
'Is er iets met hem?' vraagt papa.
Hij knikt met zijn hoofd in de richting van Kick.

Mama haalt haar schouders op.
'Heb ik ook al gevraagd,' antwoordt ze.
'Maar hij zegt dat alles oké is.'
'Nou ja, lekker rustig in huis. Geen herrie van zijn muziek.
Geen geschreeuw met vriendjes over de vloer.
Net of we een modelzoon hebben.'

Papa duikt weer achter zijn krant.
Modelzoon, denkt Kick, wacht maar tot die twee tangen
komen. Dan piep je wel anders.
Zacht sluipt hij naar zijn kamer en hij wacht. Tot de bel gaat...

Papa doet open.
'Goedenavond. Wij zijn de dames Haring. We komen uw
schroevendraaier terugbrengen,' zegt Dora.
Papa trekt verbaasd zijn wenkbrauwen op.
'Schroevendraaier?' vraagt hij dom.
Het is duidelijk dat papa er niets van begrijpt.
'Mogen we even binnenkomen? Dan leggen we het uit,' gaat
Dora verder.

'Annet! We hebben bezoek!' roept papa. 'De dames Haring!'

Mama komt een beetje lacherig de kamer in. De dames Haring?

Henk maakt zeker een grapje.

Mama lacht niet meer, als ze de twee vrouwen ziet.

Wat kijken ze zuur! Zure haringen, lacht ze stiekem.

Maar ze houdt haar gezicht in de plooi.

'Ik ben Dora,' zegt de ene vrouw. 'En dit is mijn zus Ada.

We wonen in de Achterlaan op nummer 1.

Al meer dan veertig jaar.

Vanmiddag heb ik uw zoon betrapt.

Hij schroefde ons huisnummer van de tuinmuur.

Met deze schroevendraaier.'

'Het is niet de eerste keer dat zoiets gebeurt,' zegt Ada.

'Ada, niet zeuren. Dat is iets van dertig jaar geleden.

Het gaat nu om het huisnummer,' snibt Dora.

'Kick!' buldert papa. 'Komen!'

Met lood in de schoenen gaat Kick de huiskamer in. Hij staart
naar de grond.

'Sinds wanneer schroef jij huisnummers van muren? Waarom
doe je zoiets?'

Kick haalt zijn schouders op. 'Nou, gewoon!' zegt hij zacht.

'Je weet wat het betekent, hè?' gaat papa door.

'Geen vriendjes, geen computer of televisie deze week. En
voetballen kun je ook vergeten!'

Op zolder

Die twee heksen hebben het goed voor elkaar! denkt Kick.
Papa was razend en mama kon ook al niet lachen. En dat
alleen om twee schroefjes.
Als hij nou dat huisnummer had meegenomen!
Maar dat zit nog op die tuinmuur.
Helemaal niks aan de hand, dus.
Toch kan hij de rest van de week op zijn kamer zitten.
Nou, gezellig! Hij mag niks: geen vriendjes, geen computer.
En het ergste : niet voetballen!
Aan zijn huiswerk begint hij zeker niet!
Dat zouden ze wel willen.
Zijn aardrijkskunde blijft mooi in zijn rugzak!
Dus wat blijft er over: een stripboek!
Kick trekt een stapel stripboeken naar zich toe.
Een voor een pakt hij ze op en gooit ze weer neer.
Allemaal al honderd keer gelezen.
Lego dan maar. Kick duikt onder zijn bed.
In de plastic krat zit nog een half afgebouwde maanwagen.
Hij zet er nog wat wieltjes onder. Ziet er leuk uit, zo!
Kick zoekt in de krat naar de batterij.
Hij sluit hem aan op de maanwagen.
Even rijdt het karretje over de grond.
Dan stopt het. Batterij op!

Kick mikt het karretje weer in de krat. Wat nu?
Hij loert om de deur van zijn kamer.
Het is stil in huis. Naar beneden gaan kan niet. Daar zitten
zijn ouders: die vulkaan en die ijsberg.
Misschien is er op zolder iets te beleven.
Zacht sluipt hij de zoldertrap op. Het is donker op zolder.
Kick zoekt met zijn hand langs de muur.
Waar zit die schakelaar? Hebbes! Lieve help wat een rommel!
Hebben ze over zijn kamer iets te zeggen! Moet je hier eens
zien. Op een oude kist ligt een dameshoedje.
Van wie zou dat zijn? Van mama? Dat rare ding?
Of van oma soms?

Kick zet het hoedje op en kijkt rond.

Daar! Precies wat hij zoekt. Een oude spiegel.

Kick had het wel verwacht. Geen gezicht, natuurlijk!

Ha, opa's wandelstok!

Kick houdt de stok vast als een zwaard.

Aanvallen!

Ridder Kick vecht met zijn spiegelbeeld.

Het hoedje zwiept door de lucht.

Het komt terecht op de kapotte tuinparasol. Goed gemikt, Kick!

Gek, zo'n zolder. Al die spullen van vroeger.

Daar staat zijn oude driewielertje.

Wat zou er in dat koffertje zitten?

Kick maakt de sloten open. Wat een papieren!

Hij haalt de stoffige stapel te voorschijn.

Een album met postzegels, tekeningen, voetbalplaatjes...

Dan ziet Kick een rapport. Hé, interessant! Het is van papa!

Henk van Doorn, vijfde klas.

Nieuwsgierig bekijkt hij het rapport.

Rekenen: 6. Dat gaat wel. Dictee: onvoldoende!

Schrijven: moet netter worden.

Aardrijkskunde: 5. Henk doet niet mee!

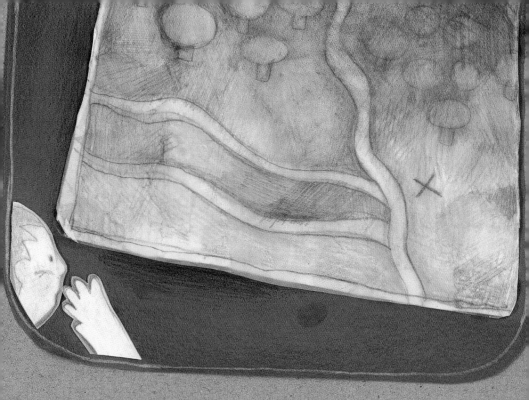

Dit ga ik bewaren, denkt Kick .
Kan best nog eens van pas komen.
Hij mikt de andere papieren weer in het koffertje terug.
Hé, wat is dat? Een tekening.
Kick raapt een papier van de zoldervloer. Het lijkt wel een
soort landkaart.
Kick loopt naar de zolderlamp.
De inkt van de kaart is verbleekt. In het licht kan hij hem
beter bekijken.
Het lijkt wel een plattegrond. Een soort schatkaart.
Het lijkt een stuk bos te zijn.
Maar het klopt helemaal niet met het bos bij de Achterlaan.

Kick gaat met de kaart op de grond zitten.

Waar kan dit zijn? Bomen, een slingerend bospad, een kruis bij een groep struiken...

Kick herkent de wegen niet.

Hij staat weer op.

Morgen neem ik de kaart mee, bedenkt hij.

Kan Luc er ook eens naar kijken.

Misschien ziet hij wat het voorstelt.

Hij loopt in de richting van de zoldertrap.

De wandelstok bij de spiegel schopt hij opzij.

Dan kijkt hij naar zijn spiegelbeeld. En naar de kaart in zijn handen.

Moet je zien! Dat is het!

Nu Kick de kaart voor de spiegel houdt, kan hij precies zien wat het voorstelt.

Het is wel degelijk het bos bij de Achterlaan.

Nu herkent Kick alles.

Met deze kaart kan hij zo de weg naar dat kruis vinden.

Bij de Achterlaan het bos in, het slingerpad volgen.

Links een van die zijpaadjes in. Dat wordt even zoeken.

Maar dan moet je die struiken in de verte al kunnen zien.

Morgen, denkt Kick, dan ga ik er samen met Luc op af!

Die meiden ook!

'Psst... Luc...' fluistert Kick.
Hoort hij weer niets, die sufferd? Nog eens proberen.
'Luc... moet je zien...' fluistert Kick iets harder.
Ha! Luc draait zich om. Wat? vraagt hij zonder geluid.
Kick laat de plattegrond zien. 'Wat is dat?' fluistert Luc nu.
'Werken de heren achteraan nog door?' vraagt juf Petra.

Braaf schiet Luc recht en doet of hij doorwerkt.
Hij wacht tot juf Petra iets op het bord schrijft.
Vlug draait hij zich weer om. 'Laat eens zien!'
Kick ziet dat de juf weer de klas in kijkt.
Hij wijst op zijn horloge. 'Bijna tijd!' fluistert hij.
Juf Petra fluistert niet.
'Alvast aan je vrije middag begonnen, Kick?' vraagt ze
dreigend.
'Nee, juf. Ik denk na,' antwoordt Kick.

'Oef, als je dan maar geen hoofdpijn krijgt!'
Juf Petra kán aardig zijn, maar vandaag even niet.
Zuchtend pakt Kick zijn kladblaadje. Som vijf.
Er komt geen eind aan die ochtend!
Maar dan gaat ten slotte toch de bel.

'Wat had je nou, man?' vraagt Luc nieuwsgierig.

'Niet hier,' zegt Kick. 'Achter de fietsenstalling.'

Om de hoek van het gebouwtje is het stil.

'Laat eens zien,' zegt Luc.

Kick haalt de plattegrond te voorschijn. Een tekening!

'Moet je daar zo geheimzinnig over doen! Heb je niks beters?'
zegt Luc.

'Kijk nou eerst eens. Het is een soort schatkaart.'

Kick vouwt de plattegrond open.

'Is dit het bos?' vraagt Luc. 'Welke weg is dit dan?'

'Wat staan jullie hier stiekem te doen?' horen ze opeens.

Fatima! Met Bibi natuurlijk! Die bemoeials weer.

'Wegwezen!' snauwt Kick.

'Wat zijn we weer vriendelijk!' zegt Fatima pesterig.

'We komen alleen gezellig even kijken.'

'Wat hebben jullie daar?' vraagt Bibi.

Ze grist meteen de plattegrond uit Kicks handen.

Maar die houdt hem stevig vast. En dus: krak!

Snel rennen de meiden weg. Met een halve plattegrond!

'Geef terug, rotmeid!' schreeuwt Kick kwaad.

Hij zet meteen de achtervolging in. Luc rent hem achterna.

'Als je scheldt, krijg je niks terug!' roept Fatima.
Razendsnel gaat ze ervandoor. Wat is die griet vlug!
In een flits is ze de straat uit, de hoek om. Met Bibi.
De jongens rennen wat ze kunnen.
Al snel hebben ze de meiden weer in beeld. Maar die zijn slim.
Eén gaat er linksaf. En de ander rent naar rechts.
'Fatima moeten we hebben,' hijgt Kick.
De jongens zijn op topsnelheid.

'We halen haar in!' zegt Luc. 'Ze wordt moe. Doorzetten!'
De afstand tussen Fatima en de jongens wordt kleiner.
'Hebbes!' zegt Luc even later. Hij grijpt Fatima bij haar jack.
'Hier met die kaart!' beveelt hij. 'En gauw een beetje!'
'Heb ik niet,' lacht Fatima hijgend.
Ze laat haar lege handen zien.
'Jullie moeten bij Bibi zijn.'
Echt weer zo'n rottige meidenstreek!

Luc laat Fatima los. Die wandelt rustig weg.

'Ik krijg je nog wel!' dreigt Kick.

'Denk maar niet dat je van ons af bent!' roept Luc.

Hijgend gaan de jongens op een muurtje zitten.

'Laat nog eens kijken,' vraagt Luc.

Kick geeft hem de rest van de plattegrond.

'Die meiden hebben het stuk waar de schat ligt,' ziet Luc.

'Geeft niet,' zegt Kick. 'Ze hebben er niks aan.'

'Wel man, dat is juist waar het om gaat,' vindt Luc.

'Ze weten niet wat ik wel weet,' legt Kick uit.

'En dat is?' wil Luc weten.

'Herken jij ons bos in die kaart?' vraagt Kick.

Luc kijkt nog eens goed. Hij wijst een weg aan.

'Dit lijkt de Achterlaan,

maar die heeft een bocht naar rechts.

En dat zou het zandpad kunnen zijn,' gaat hij verder,

'maar dat loopt de andere kant op.'

'Nee, ik snap het niet echt,' bekent hij.

'De plattegrond is in spiegelschrift gemaakt,' vertelt Kick.

'Als je die kaart in de spiegel bekijkt, herken je het bos.

Kijk je gewoon, dan ontdek je dat niet.'

Luc draait de kaart om. Hij houdt hem tegen het licht.

'Je hebt gelijk! Kijk, daar is de Achterlaan! Kom op!

We gaan ernaartoe!'

'En dan? De rest van de kaart is bij die meiden.
Ik weet echt niet uit mijn hoofd wat erop staat.'
'We moeten proberen dat stuk terug te krijgen!' besluit Kick.

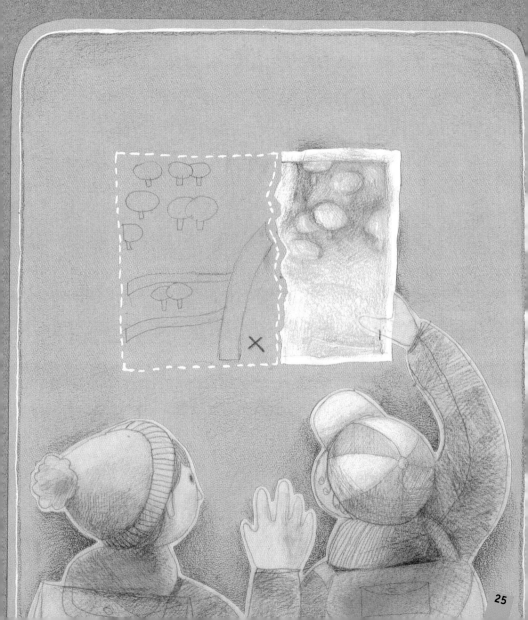

Het onweer

'Gelukt,' lacht Fatima trots. 'Heb je hem nog?'
Bibi steekt de helft van de plattegrond in de lucht.
'Ta-daaa!' zingt ze.
'Kwaad dat ze zijn,' vertelt Fatima.
'Ze zullen ons nog wel krijgen, zeggen ze.'
'Dénken ze, zul je bedoelen,' lacht Bibi.
'Moeten ze eerst wel een beetje slimmer worden!'
'Laat eens kijken wat voor ding het is,' zegt Fatima.
De meisjes buigen zich over de kaart.
'Lijkt wel een bos. Kijk: bomen, een paadje.
Zou het ons bos zijn, hier, bij de Achterlaan?'
'Het lijkt er wel veel op,' zegt Bibi nadenkend,
'maar toch ook weer niet helemaal.'
'Weet je wat,' stelt Fatima voor, 'we gaan ernaartoe.
Als we er zijn, zien we misschien beter hoe de wegen lopen.'
'Zouden we dat nu wel doen?' vraagt Bibi.
'Kijk eens naar de lucht.'
Dikke donkere wolken hangen laag boven hen.
'Ben je soms bang voor een paar spatjes?' lacht Fatima.
'Kom nou maar mee!'
Onderweg kijken Fatima en Bibi af en toe op de kaart.
Veel wijzer worden ze er niet van.
Bij een kruispunt in het bos staan ze stil.

Weer kijken ze op de kaart.

Pats, pats! Plotseling vallen er dikke druppels op.

Een bliksemflits, een donderslag!

'Rennen!' zegt Bibi. 'Weg van die bomen!'

In de stortregen rennen ze het bos uit.

'Ik wil schuilen!' roept Fatima.

'Niet onder bomen, dat is gevaarlijk,' hijgt Bibi.

'Daar in dat portiek!' Ze wijst naar een huis.
Ze rennen het tuinpad op, het portiek in.
'Moet je zien!' zegt Fatima.

Ze wringt een mouw van haar jack uit. Drijfnat!
'Waar heb je die kaart?' vraagt Bibi bezorgd.
'Hier. Onder mijn T-shirt,' antwoordt Fatima.
Ze trekt de kaart onder haar T-shirt vandaan.
'Kijk, alleen dit randje is nat.' Weer zien ze een flits.
Een enorme knal volgt. Bibi geeft een gil.
'Je bent toch zeker niet bang, hè?' bromt Fatima.
'Nee, niet echt,' bibbert Bibi.
Op dat moment gaat de deur open.
Twee pinnige ogen gluren om een hoekje.

'Ik dacht al dat ik iets hoorde,' zegt Dora.

'Wat moet dat hier?' moppert ze.

'Schuilen, natuurlijk! U ziet toch dat het giet!'

Fatima komt meteen voor zichzelf op.

Of je voor je lol in een saai portiek gaat staan! denkt ze.

'We zijn Bibi en Fatima. We waren in het bos, mevrouw,' legt

Bibi uit. 'Maar daar kun je niet schuilen. Dit portiek was het

dichtste bij.'

Dan ziet Dora hoe nat de kinderen zijn.

Ze zucht even en zegt: 'Kom maar binnen.

Jullie lijken net een stel verzopen katten.'

De meiden kijken elkaar aan.

Doen? vragen ze zonder woorden. Fatima knikt.

De vrouw moppert wel, maar lijkt verder niet gevaarlijk.

'Trek je schoenen even uit.

Zet ze daar maar op die mat,' zegt Dora.

'Hebben we bezoek, Dora?' Ada komt aansloffen.

'Lieve help, wat zijn jullie nat!' zegt ze. 'Ik haal even een handdoek.'

Fatima en Bibi gooien de handdoek over hun hoofd.

Ze drogen hun druipende haren.

Ada neemt hun jack mee.

'Die hang ik in de keuken. Kunnen ze even uitlekken.

Lopen jullie vast door naar de kamer.'

'Nou ben ik niet nieuwsgierig,' begint Dora.

'Helemáál niet,' vult Ada aan, die net komt binnensloffen.

Dora kijkt haar kwaad aan. 'Ik praat met ze,' snibt ze.

'Wat doen twee meisje met dit weer in het bos?'

Fatima laat de kaart zien.

'Kijk,' zegt ze, 'we zochten een schat.'

Ze wijst naar het kruis op de kaart.

'Is dat dit bos wel?' vraagt Ada. 'Het ziet er vreemd uit.'

Ze kijkt mee over Dora's schouder.

'Draai die kaart eens om, Dora,' vraagt ze.

'En houd hem eens tegen het licht.'

'Kijk, zo komt het bekender voor,' zegt Ada tevreden.

Fatima en Bibi komen naast haar staan.

Ze kijken met Ada mee. 'Nou snap ik het!' roept Fatima.

'Die kaart is in spiegelschrift!'

'Nu kunnen we de schat vinden!' lacht Bibi.

'Moet je wel de andere helft hebben,' zegt Ada.

'Of wacht, ik herken wel iets.

Maar waar het precies is...' twijfelt Ada.

'Dat wordt nog moeilijk,' zucht Bibi. 'Hoezo?' vraagt Dora.

'Kick en Luc hebben de rest van die kaart,' zegt Fatima.

'En we hebben ruzie met ze,' vult Bibi aan.

'Dus kunnen jullie maar één ding doen: het goedmaken!'
besluit Dora.

Fatima en Bibi kijken elkaar alleen maar aan.

Naar de dames Haring

Kick rent over het stille schoolplein.
Weer te laat! denkt hij. Maar het valt mee.
Luc staat ook nog bij de kapstok.
Snel gooit Kick zijn jack over de haak.
'Wanneer gaan we op die meiden af?' vraagt Luc.
'In het speelkwartier, natuurlijk. Kunnen ze niet ontsnappen,'
antwoordt Kick.

Elke drie minuten kijkt Kick op zijn horloge.
Schiet op, tijd! denkt hij telkens. Maar veel helpt dat niet.
Hè, hè, eindelijk! Juf Petra laat de groep naar buiten gaan.
Buiten komt Fatima meteen naar Kick en Luc toe.

Kick is stomverbaasd: dat had hij niet verwacht.
'We moeten praten,' zegt Fatima.
'Eerst mijn kaart terug,' vindt Kick.
'Dat komt wel. Luister nou even,' zegt Bibi.
'Je zult ons nog nodig hebben.'
'Nodig? Jullie? Helemaal niet!' zegt Luc.
'Wij knappen zelf onze zaakjes wel op.'
'Wij weten meer van die kaart dan jullie,' vertelt Bibi.
'Zal wel,' antwoordt Luc. 'Jullie weten altijd alles!'

'Luister nou eens!' houdt Bibi vol.
'Goed,' zucht Kick, 'Ik luister.'
Snel vertelt Fatima over hun tocht naar het bos.
Over het onweer en het schuilen.
Over de vrouwen in het huis aan de Achterlaan.
Kick luistert niet meer.
'Die twee ouwe tangen!' barst hij los.
'Waren jullie daar? Bij de dámes Haring!' zegt hij minachtend.
'Die hebben me erbij gelapt.

Ik mag de hele week niks meer:
geen voetbal, niet naar buiten.
Dat komt allemaal door die heksen!'
'Maar ze kunnen ons helpen met zoeken,' zegt Bibi.

'Die ene weet vast waar het is. Ze zei tenminste dat het haar bekend voorkwam.'
'En... ze heeft nog iets ontdekt,' gaat Fatima verder.
'Iets dat jij niet weet.'
'En dat is? zegt Kick afwachtend.
'Je moet niet gewoon naar de kaart kijken.'
'Weten we allang,' zegt Luc. 'Hij is in spiegelschrift.'
'Nou, wat doen we? Gaan we naar ze toe?' vraagt Bibi.
'Zaterdag,' geeft Kick toe. 'Eerder mag ik de straat niet op.'

Die zaterdag trekt Kick zijn jas aan.
'Wat ga je doen?' vraagt mama.
'Naar Luc natuurlijk,' antwoordt Kick.
'En...' zegt papa. Hij kijkt Kick aan.
'Geen schroevendraaier mee, hè?'
'Misschien wel een bijl,' zegt die.
'Niet zo brutaal, jongeman!' bromt papa.
'Ga maar gauw,' zegt mama,
'voor het weer mis gaat tussen jullie.'

Kick haalt Luc op. Samen lopen ze naar het schoolplein.

Fatima en Bibi zijn er al.

'Hè hè, we dachten al dat jullie niet meer kwamen!' zucht Bibi.

'Heb je de kaart bij je?' vraagt Fatima aan Kick.

'Nogal wiedes. En jij?' Fatima laat de kaart zien.

Ze lopen samen in de richting van de Achterlaan.

Het huisnummer zit weer stevig vast, ziet Kick.

Ze lopen naar de voordeur. Fatima belt aan.

Dora Haring doet de deur open. Ze groet de meisjes.

Dan ziet ze Kick. 'Zo,' zegt ze bits, 'ben jij er ook bij!'

'Laat ze toch binnenkomen, Dora!' roept Ada.

'Dit zijn Kick en Luc,' zegt Bibi.

'Zij hebben ook een stuk van de kaart.'

'Nee,' zegt Kick, 'jullie hebben een stuk van mijn kaart.'

'Hè ja, ga lekker even kibbelen,' zegt Ada Haring.

'Geef die stukken maar hier. Dan plak ik ze wel aan elkaar.'

Ada legt de delen van de kaart goed neer.

Met plakband maakt ze de kaart weer heel.

Ada loopt met de kaart naar het raam.

Ze houdt de kaart omgekeerd tegen het licht.

Dora komt bij haar staan.

Ook de kinderen kijken mee.

'Als dit nou de Achterlaan is,' begint Ada, 'dan is dat het zandpad naar het kruispunt. En daar...' Ada zwijgt.

'Weet je het al?' vraagt Dora ongeduldig.

'Ik denk van wel. Kom we gaan.'

De dames Haring trekken hun jas aan.

Ze zetten allebei een hoedje op.

Precies zo een als op zolder, denkt Kick.

De kinderen willen de tuin al uit.

'Wacht even,' roept Ada.

'We moeten nog een schop meenemen!'

De schat

Voorop loopt Ada met de kaart. Kick aan de ene kant en
Fatima aan de andere.
Dan volgen Luc en Bibi. Achteraan Dora Haring. Met de schop.
'Niet zo vlug!' hijgt ze. 'Ik kan jullie niet bijhouden.'
'Zeur niet zo, Dora. Jij wilt toch ook weten wat die schat is?'
Ada kijkt op de kaart. 'Hier het zandpad op, tot het kruispunt.'
Bij het kruispunt moeten ze een slingerpaadje op.
'Jongens, kijk eens mee,' vraagt Ada dan.

Samen kijken ze nog eens naar de kaart.
'Kijk, hier zijn we. Daar staat het kruis.
De schat moet dus daar verborgen zijn.'
Ze wijst naar wat struiken. 'Ik graaf,' beslist Kick.
Hij pakt de schop van Dora en zet die in de grond.
Vijf, zes keer schept hij. Er is al een kuiltje.
'Zal ik even?' vraagt Luc.
'Nee, het is mijn kaart. En mijn schat. Ik graaf.'
Kick schept en schept maar door.
Totdat... 'Ik voel iets!' roept Kick.

Kick zit al op zijn knieën. Luc ook.
Fatima en Bibi buigen zich over de jongens.
'Ga eens opzij,' moppert Dora. 'Ik zie niks.'
'Wat is het, Kick?' vraagt Ada.
'Een kistje, denk ik,' zegt Kick.
Hij probeert het kistje uit de kuil te trekken.
'Zet de schop er eens tussen,' zegt Ada.
'Misschien komt er dan beweging in.'
Luc helpt mee.
Samen met Kick tilt hij een kistje uit de kuil.
'Is dat een schat?' zegt Fatima teleurgesteld.
'Zo'n oud ding?'
'Je weet toch niet wat erin zit, kind?' zegt Ada.
'Zet de schop onder het deksel, Kick,' gaat ze verder.
Kick wrikt met de schop tussen het deksel en de kist.
Het kraakt flink. Kicks hoofd wordt rood.
'Nog even, Kick,' moedigt Luc hem aan.
'Voor mekaar!' juicht hij.
Kick kijkt in de kist en tilt er iets uit.
Een zware ijzeren plaat, met twee koperen haringen erop.
'Ons naambord!' roepen Ada en Dora verrast.
Kick veegt wat aarde van het bord.
Onder de twee vissen staat: Familie Haring!

'Dat is dertig jaar geleden gestolen,' zegt Dora.
'Zomaar van ons huis geschroefd.'
'Hoe kom jij aan die kaart, Kick?' vraagt Ada.
'Die zat in een koffertje, bij ons op zolder.'
'Wat zat er nog meer in?' vraagt Ada.
'Oude papieren, een postzegelalbum,' geloof ik.
'En een rapport van mijn vader en...'
'Dan moet hij er meer van weten', zegt Dora, 'want die kaart
zit bij zijn spullen'.
'Gooi jij die kuil weer dicht, Luc?' vraagt Ada.
Bibi kijkt in de kist.
'Meer zit er niet in,' zegt ze teleurgesteld.
'Geef het naambord maar aan mij,' zegt Ada.
Ze lopen op het slingerpad terug naar de kruising.
Het bos uit, naar de Achterlaan. Bij het huis willen de
kinderen afscheid nemen.
'Nee,' zegt Dora, 'wij gaan nog niet naar binnen.'
Ze kijkt Kick aan.
'We gaan eerst naar je vader. Die heeft ons iets uit te leggen.'
'Ik ben benieuwd wat hij te vertellen heeft,' zegt Dora vinnig.
Luc zet de schop in de schuur.
Met Dora voorop lopen ze naar Kicks huis.

Papa doet open. Weer de dames Haring!
Hij kijkt naar Kick en het kistje.
'Wat is er aan de hand?' vraagt hij met een rood hoofd.
'Mogen we even binnenkomen?
Dan leggen we het uit,' zegt Dora.
'Annet! We hebben weer bezoek!' roept papa.
'Wat veel mensen!' zegt mama verrast.
'Ik begrijp er alleen niets van.'
'Wij ook niet. Maar dat komt vast nog wel,' zegt Dora.
'Kick heeft op zolder een schatkaart gevonden.
In een koffertje met papieren van uw man.
Wij zijn de schat gaan zoeken. Kick heeft hem opgegraven.

Het was ons naambord. Dertig jaar geleden
is het verdwenen. Losgeschroefd.'
Dora kijkt naar Kicks vader. 'En?' vraagt ze streng.
'Ja,' bekent papa, 'ik heb het bord losgeschroefd.
Omdat ik bang was voor straf,
heb ik het thuis niet opgehangen.
Ik heb het in het bos begraven. Voor later, dacht ik.'
'Waarom doe je zoiets?' vraagt mama.
Papa haalt zijn schouders op. 'Nou, gewoon!' zegt hij zacht.
'Je weet wat het betekent, hè?' gaat mama door.
'Geen vrienden, geen computer of televisie deze week.
En vissen kun je ook vergeten.'
Kick en de dames Haring knikken tevreden.